# Wie Hagen Siegfried feig erstach im Odenwald, bei Amorbach

Ironischer Blick auf ein deutsches Heldenepos
von Reinhold Grzega

Illustrationen von Tobias Krejtschi

1. Auflage Januar 2001
2. Auflage Mai 2003
plexus-Verlag, Miltenberg
ISBN: 3-9808 622-3-2


Gesamtherstellung: Gottlob Volkhardtsche Druckerei, Amorbach

*Für Christiane, Silly und Janosch*

# Vorwort zur 2. Auflage

Als mein Verleger Josef Foit mir vor zweieinhalb Jahren empfahl, die 1. Auflage meines ironischen Heldenepos mit stattlichen 1500 Exemplaren zu starten, fühlte ich deutlich, wie mir der Angstschweiß auf die Stirn trat.
Ich war immerhin schon knapp 60 Jahre alt, also selbstkritisch und skeptisch genug, um nicht anzunehmen, dass man mir mein Erstlingswerk geradezu aus den Händen reißen würde.
Schließlich war ich weder Dieter Bohlen noch Stefan Effenberg!

Dass die 1. Auflage dieses Büchleins tatsächlich innerhalb eines Jahres – ohne überregionale Werbung – verkauft wurde, hat mich dann doch ziemlich überrascht.
Gewiss, das Jahr 2000 (in dem man u.a. auch »800 Jahre Nibelungenlied« feierte) sowie die »authentische« Siegfriedquelle bei Amorbach im Odenwald waren ohne Zweifel verkaufsfördernd.
Ich hätte mich also – sicherlich mit Zustimmung des Illustrators, Tobias Krejtschi – zufrieden zurücklehnen und konstatieren können:
»Ein schöner Erfolg für uns beide! Mehr war wirklich nicht zu erwarten. Lassen wir es dabei!«
Aber: Ich habe aus Orten – weitab von der Nibelungen- oder Siegfriedstraße – zahlreiche Briefe erhalten, die mich zu einer 2. Auflage außerordentlich ermutigten, da sie mir (wieder) bewusst machten, dass die Nibelungensage eben nicht nur ein regional begrenztes »Kulturgut« darstellt. Mag mancher Kandidat bei einer bekannten Quizsendung im Fernsehen auch Brun- und Kriemhild verwechseln oder gar in Zwerg Alberich den Hofnarren des Hunnenkönigs Etzel vermuten ... Dass Siegfried im Blut des von ihm getöteten Drachen badete, dadurch (fast) unverwundbar und dennoch von Hagen heimtückisch ermordet wurde, weiß jeder halbwegs gebildete Deutsche.

Freilich, die genauen Zusammenhänge des Geschehens sind nur einigen wenigen klar, die das Nibelungenlied zwar auch nicht im mittelhochdeutschen Originaltext gelesen, aber sich doch wenigstens durch eine der komplizierten neuhochdeutschen Übersetzungen gequält haben. (Das Nibelungenlied gehört nun mal zu den bekanntesten nicht gelesenen Werken der deutschen Literatur!) Vielleicht konnten Tobias Krejtschi und ich mit Hilfe von Satire, Komik und Comic sogar die eine oder andere »Bildungslücke« schließen?!

Jedenfalls weiß ich aus zahlreichen Gesprächen, dass wir mit unserer etwas unkonventionellen Art der Darstellung so manchem, zu dessen bevorzugten Freizeitbeschäftigungen nicht unbedingt das Lesen von Heldenepen gehört, den Inhalt des Nibelungenlieds ein wenig näher gebracht haben.

Mit Sicherheit werden nicht allzu viele, durch uns angeregt, nun aus literarischem oder historischem Interesse zur Originalversion greifen, aber als Pädagoge habe ich im Laufe meines Berufslebens gelernt, mich auch mit bescheidenen Erfolgen zufrieden zu geben.

Dass die 2. Auflage meines ironischen Heldenepos (mit Zeichnungen von Tobias Krejtschi) in einem für Amorbach bedeutsamen Jubiläumsjahr erscheint (750 Jahre Verleihung der Stadtrechte, 200 Jahre Fürstenhaus zu Leinigen und 200 Jahre Volkhardtsche Druckerei, der ich die Herausgabe meines Buches verdanke), ist zwar purer Zufall, aber warum sollten solche Jubiläen nicht auch ein gutes Omen für die weitere Verbreitung dieses Büchleins sein. Vielleicht interessiert ja der »Mordfall Siegfried« auch manchen, der den »Tatort« im Odenwald aus ganz anderen Gründen besucht und bei dieser Gelegenheit doch erfahren möchte . . .

. . . wie Hagen Siegfried feig erstach
im Odenwald, bei Amorbach.

Amorbach, im Mai 2003
Reinhold Grzega

# Vorwort zur 1. Auflage

## Wenn Siegfried kein so grässlicher Angeber gewesen wäre...

800 Jahre alt ist das Nibelungenlied: 2300 mittelhochdeutsche Strophen zu je vier Langzeilen. Die Jahrhunderte bescherten uns eine (kaum lesbare) Übertragung ins Hochdeutsche, diverse Prosafassungen und Romane, Hebbels dramatische Trilogie, Wagners »Ring«, Fritz Langs Filme... und jetzt auch noch Reinhold Grzegas Nachdichtung.

Ohne Zweifel, »Die Nibelungen« sind starker Stoff mit einer illustren Schar an Akteuren und tollen Kulissen: Drachen und Zwerge, Helden und schöne Frauen, Könige und Gefolgsleute, wackere Recken und finstere Schurken, stolze Burgen und ein sagenhafter Schatz. Doch bei genauem Hinsehen entpuppt sich *das deutsche Heldenepos* als moralisch höchst fragwürdiges Stück. Da wird von Freund- und Verwandtschaft unbeeindruckt munter hin und her erschlagen, gelogen, betrogen und die sprichwörtliche Nibelungentreue so oft gebrochen, dass der Leser sich fragt, wie der Begriff überhaupt entstehen konnte. In unseren heutigen Zeiten, da wir weder Meinungsverschiedenheiten, Eheprobleme noch Erbstreitigkeiten mit Schwert und Streitaxt lösen dürfen, rätseln wir bei der Lektüre: »Was will uns der Dichter sagen?«

Doch entgegen einem weit verbreiteten Vorurteil soll die Darstellung des Negativen nicht zum Negativen führen, sondern zum Positiven ermutigen. Kein Mensch wird ernsthaft behaupten, Goethes Faust sei die Aufforderung, Jungfrauen zu schwängern, sie mit dem Kind sitzen zu lassen und die Seele dem Teufel zu verschreiben. So kann es nicht verwundern, wenn ein leidenschaftlicher Pädagoge wie Reinhold Grzega im Einsatz der Tarnkappe beim Wettstreit gegen Brunhilde den ersten Dopingfall der deutschen Sportgeschichte entdeckt und so das Epos seinem mittelhochdeutschen Dämmerschlaf entreißt. Dass auch der heimliche Beistand Siegfrieds bei Gunters Versuchen, die Ehe mit Brunhilde erstmals zu vollziehen, aus heutiger Sicht interessante juristische (Beihilfe zur Vergewaltigung in der Ehe) und moraltheologische Fragen (Darf sich eine Frau ihrem Ehemann verweigern?) aufwirft, wird erkennen, wer mit Grzegas Augen den angestaubten Heldenplot neu entdeckt.

Nur unzureichend kann dieses Vorwort zeigen, mit welch leichter Hand und feinem Humor der Dichter das Flaggschiff deutscher Heldensagen um die moralischen Untiefen des finsteren Mittelalters führt. Dass die Sympathie des Autors dabei nicht allein dem blonden Recken aus Xanten gilt, versteht sich bei dessen ironischer Distanz zu seinem Stoff von selbst. Die Klassik hätte wohl von der »Hybris« Siegfrieds gesprochen, Reinhold Grzega findet einfachere, aber treffende Worte: »Wenn Siegfried nur kein so furchtbarer Angeber gewesen wäre…«, wären er und Kriemhild steinalt geworden und hätten zusammen mit Kindern und Enkeln den Nibelungenhort bei Burgunder und boeuf bourguignon verprassen können.

Wer in dem vorliegenden Bändchen freilich nur eine launige Nacherzählung des Nibelungenliedes vermutet, nimmt den Autor allzu leicht. Denn der Dichter hat nicht nur 1450 Verse in strenges Maß gehämmert, sondern nach eigenem Bekunden auch fundierte heimatgeschichtliche Forschungen betrieben, um abschließend zu klären, an welchem Ort Hagens Speer das Heldenherz hinterrücks durchbohrte. Und nur Schelme mögen daran denken, dass Grzegas Schluss »… so endete bei Zittenfelden das Leben eines deutschen Helden« etwas damit zu tun hat, dass der Autor mit Leib und Seele Amorbacher ist.

Da Film und Fernsehen die Phantasie von uns heutigen Menschen restlos verdorben haben, ist es gut, dass der ehemalige Lehrer Reinhold Grzega in seinem ehemaligen Schüler Tobias Krejtschi einen kongenialen Partner gefunden hat. Mit spitzer Feder hat der die entscheidenden Szenen des Epos in Bilder gesetzt. Bei Tobias Krejtschi sind Helden so wie Helden sein sollen: Siegfried ist blond und muskelbepackt, auch wenn ihm die Intelligenz nicht gerade aus den Augen blitzt. Hagen ist jener finstere Gesell, den wir erwartet hatten, und Gunter so schwächlich, dass der Haken, an den Brunhild ihn hängt, die Last des »großen« Burgunderkönigs mit Leichtigkeit trägt. Von der bleiernen Schwere einiger Jahrhunderte Literaturgeschichte und -deutung entlastet, kann der König von Worms zum Vergnügen der Leser dort noch ein Weilchen hängen.

Eine Reihe von Sponsoren hat es ermöglicht, dass der Spaß, den Grzega und Krejtschi beim Reimen und Zeichnen hatten, sich auf Leser und Betrachter übertragen kann. Ihnen sei auch dafür gedankt, dass die Stadt Amorbach ihren Anspruch auf die wahre Siegfriedsquelle dank dieses Büchleins nun endlich »schwarz auf weiß« untermauern kann.

Miltenberg, im Januar 2001
Georg Kümmel

# Wie Siegfried schon in früher Jugend erwarb so manche Rittertugend

Am Niederrhein, im schönen Xanten,
verwöhnt von Eltern und Verwandten,
wuchs einst ein stolzer Jüngling auf,
mit dessen kurzem Lebenslauf
sich dies Gedicht befassen soll.
Ich sag es gleich (nicht vorwurfsvoll):
Hätt er gelernt sich zu bescheiden,
wär der Familie manches Leiden
mit Sicherheit erspart geblieben.
Es hätte niemanden getrieben,
den großen Helden zu ermorden,
und Siegfried wäre alt geworden.
Hätt er nicht gar so angegeben,
er wäre heute noch am Leben.
Doch Vater Siegmund und Sieglinde,
die Mutter, sahen in dem Kinde
– wie viele Eltern heutzutage –
ein Wunderkind, ganz ohne Frage;

denn Siegfried konnte noch kaum laufen,
da wollte er schon ständig raufen
mit Xantens besten Schwerathleten
und gegen sie zum Kampf antreten.

Wenn andren kleinen Ritterknaben
die Mütter Lego-Steine gaben,
damit sie Ritterburgen bauen,
wollt Siegfried sie in Trümmer hauen.
Er fand den ganzen Spielzeug-Kram
mit Schaukelpferd und Murmeln „lahm".
Er wehrte und er sträubte sich
und wiederholte wöchentlich:
„Ich will mich unbedingt – beizeiten –
aufs Heldenleben vorbereiten."
Und diese edle Rittertugend
bewahrte er sich bis zur Jugend.
Er warf den Speer unglaublich weit
und war im Ringkampf stets bereit,
die schwersten Ringer „auszuheben".
Der Wettkampfsport – das war sein Leben.

*Klein Siegfried konnte noch kaum laufen,*
*da wollte er schon ständig raufen.*

Ob Steinstoß, Weitsprung oder Sprint –
er war sehr stark, doch auch geschwind;
denn selbst die allerschnellsten Recken
war´n gegen ihn nur Weinbergschnecken.
Und als er etwa sechzehn war,
da hatte er ein Repertoire
an Griffen, Hieben, Kampfsportarten,
dass er es kaum noch konnt erwarten:
Er wollt hinausziehn in die Welt...,
um bald sich zu bewähr´n als Held.

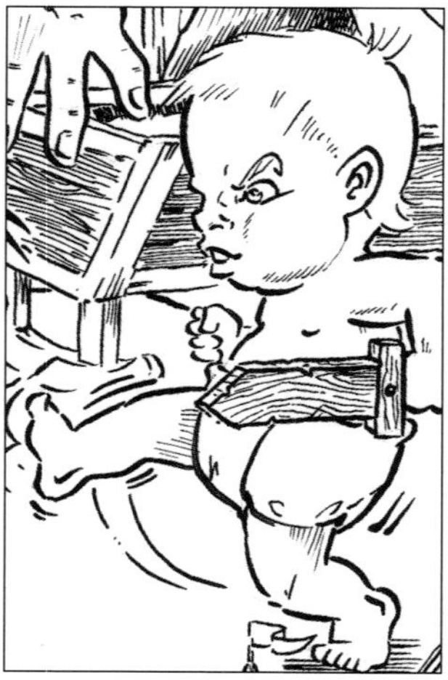

# Wie Siegfried, wahrlich wundersam, zu seiner Drachen-Hornhaut kam

Mit achtzehn Jahren ritt er fort
von Xanten, seinem Heimatort.
Die Eltern, Siegmund und Sieglinde,
sie winkten noch dem Wunderkinde,
das diesen Abschied kaum bereute
und sich auf Abenteuer freute.
Jung Siegfried ritt fast vierzehn Tage,
da quälte ihn die bange Frage:
„Was ist, wenn weiter nichts passiert?
Ich wär als Held total frustriert."
Doch, Gott sei Dank, an diesem Tage
erfüllte sich die Heldensage.
Es war für ihn ein wahrer Segen:
ein mächt´ger Lindwurm kam entgegen.
Zwar war das Tier schon damals selten,
doch das ließ unser Held nicht gelten.
In diesem Fall stand Eigennutz
weit höher als der Artenschutz.

Vor allem spie der Drache Feuer!
Dies wies ihn aus als Ungeheuer.
Für Siegfried war es das Signal:
„Es bleibt mir keine andre Wahl;
nun gibt es nichts mehr zu besprechen:
ich muss den Drachen jetzt erstechen.“
Der Lindwurm aber wehrte sich.
Die Abwehrschlacht war fürchterlich.
Bald färbte sich der Rasen rot,
und schließlich war der Lindwurm tot.
Allmählich bildeten sich Pfützen
aus Blut. Dies sollte Siegfried nützen!
Als er den Drachen liegen sah,
da dachte er: „Es wäre ja
wahrhaftig eine tolle Sache,

hätt  ich ´ne Hornhaut wie der Drache.
Kein Speer mehr könnte mich nur ritzen,
ich müsste keinen Schild besitzen.
Ich hätte beide Hände frei
und schlüge jeden Feind entzwei.

Doch wie, bei Wotan, wächst auch mir
´ne Hornhaut wie dem Lindwurm hier?"
Er überlegte kurze Zeit,
und schon sah er die Möglichkeit:
Rasch warf er ab, ganz unverklemmt,

die Hosen und das Kettenhemd
und wälzte sich im Drachenblut;
das Blutbad tat ihm richtig gut!
Doch.... wie das Schicksal es so wollte,
als er im Blut sich wohlig rollte,
da fiel vom Baum ein Lindenblatt
– er lag grad auf dem Bauche, platt –
genau auf den behaarten Rücken,
der manche Maid schon tat entzücken.
Das Drachenblut floss drüber weg...
es blieb zurück ein freier Fleck.
Der Fleck, man muss es wohl beklagen,
war später Ziel des finstren Hagen.
Zunächst stieg Siegfried aus dem Bad,
wie er´s zu Haus in Xanten tat,

und ließ sich trocknen durch den Wind
– das Drachenblut ward hart geschwind –,
zog seine Rüstung wieder an
und fühlte sich wie Supermann.
„Jetzt kann mich niemand mehr besiegen!“
D e m  Hochmut sollte er erliegen.

*Er wälzte sich im Drachenblut;*
*das Blutbad tat ihm richtig gut.*

# Wie Siegfried bei den Nibelungen Zwerg Alberich im Kampf bezwungen

Nach seinem Zweikampf mit dem Drachen
bestieg Held Siegfried einen Nachen
und fuhr damit aufs weite Meer;
so lernte er ganz nebenher
ihm unbekannte Länder kennen
– ich könnt sie selber nicht benennen –,
bis er am Ende vorgedrungen
ins Sagenreich der Nibelungen.
Er watete gleich an den Strand,
weil er ihn ziemlich sauber fand,
ging dort spazieren zwei, drei Stunden
und ließ sich frische Austern munden.
Doch bald fand er das Wandern öde.
„Bevor ich hier total verblöde,
betreib ich etwas Landeskunde;
denn Nichtstun richtet mich zugrunde.“
Nach einem Fußmarsch von zwei Tagen
vernahm er allseits lautes Klagen:

„Ach, unser König Nibeling!
Dass er so früh schon von uns ging!"
Natürlich wusste Siegfried wenig
von diesem Nibelungenkönig.
Doch hatte man ihm oft erzählt,
e r sei vom Schicksal auserwählt
zu kommen einst an diesen Ort,
um hier den Nibelungenhort
mit Kraft und Kühnheit zu erwerben
und König Nib´ling zu beerben.
So machte er sich auf die Suche,
wenn auch mit Ächzen und Gefluche.
Ganz ziellos lief er kreuz und quer,
die Beine wurden ihm schon schwer;
denn er – als echter Rittersmann –
behielt stets seine Rüstung an.
Fast wollte er schon wieder fort,
da sah er plötzlich jenen Hort
der Nibelungen vor sich liegen.
Er hatte einen Berg erstiegen

und sah zwei Männer mit Gegröle
den Schatz aus einer finstren Höhle
auf einem Platz zusammentragen
und sich dort streiten, ja fast schlagen.
„Das können nur die Erben sein!“,
fiel unsrem Held als Erstes ein.
Und in der Tat, er hatte Recht,

die beiden war´n aus dem Geschlecht
der weltberühmten Nibelungen,
die schon ein Heldenlied besungen.
Der eine Sohn hieß kurz „Schil Bung“,
der andre ähnlich: „Nibe Lung“.
Sie stritten sich mit viel Geschrei,
wie denn der Schatz zu teilen sei.
Held Siegfried, immer hilfsbereit,
sprach: „Lasst doch jetzt mal euren Streit!
Was wollt ihr euch hier ständig ‚keilen´?
Ich helfe euch, den Schatz zu teilen.“
Die beiden Brüder, erst bockbeinig,
war´n sich am Ende völlig einig,

dass Siegfried – so wie er es wollte –
den Schatz gerecht verteilen sollte.
Doch was er ihnen auch vorschlug,
sofort schrie einer laut: „Betrug!"
Da sah – wen wundert´s – Siegfried rot...
und schlug die beiden Erben tot.
Für ihn sprach ja auch nichts dagegen,
den Erbstreit sehr schnell beizulegen,
ersparte die Entschlossenheit
ihm doch viel Mühe und viel Zeit.
Vor allem dachte Siegfried gleich:
„Jetzt bin ich unermesslich reich.
Selbst in der Klassenlotterie
gab´s diesen Jackpot bisher nie."

Doch war die Rechnung schlecht durchdacht,
vor allem ohne Wirt gemacht;
denn aus dem legendären Berg
schoss gleich hervor ein starker Zwerg,
der sorgsam jenen Schatz bewachte
und ihn in Schwierigkeiten brachte.

Er war, das machte Siegfried Sorgen,

durch eine Tarnkappe verborgen.

Und attackierte nun wie wild

Held Siegfried, der mit seinem Schild

sonst jedem Gegner widerstand,

doch diesmal keinen Ausweg fand,

den harten Schlägen zu entgehen;

denn dieser Gnom war nicht zu sehen.

Doch endlich konnte er ihn packen,

ergriff Zwerg Alberich im Nacken

und zwang ihn furchtlos in die Knie,

bis Alberich um Gnade schrie:

„Ich will dir gern den Schatz vermachen

und ihn für dich ab jetzt bewachen."

Doch Siegfried meinte unbescheiden:

„Dein Mützchen würde mich gut kleiden!"

Und riss die Tarnkappe an sich,

trotz des Protests von Alberich.

Dann wünschte er dem Zwerg viel Glück

und ließ als Wächter ihn zurück.

*Doch endlich konnte er ihn packen,*
*ergriff Zwerg Alberich im Nacken …*

# Wie Siegfried im Burgundenlande zu Kriemhild knüpfte Liebesbande

Nach so viel kühnen Abenteuern
mit Erben, Zwergen, Ungeheuern
kam Siegfried endlich zu dem Schluss,
dass solche Reisen nur Verdruss
und manchen Ärger mit sich bringen
und ganz schön auf die Nerven gingen.
So schiffte er sich wieder ein
nach Xanten, fern am Niederrhein.
Und als er glücklich kam nach Haus,
brach grenzenloser Jubel aus:
„Seht! Siegfried, unser großer Held,
hat ganz allein umschifft die Welt!
Drum lasst uns wagen den Versuch:
Die Leistung muss ins Guinness-Buch!“
Für Siegfried war das nebensächlich;
er wollte sich zunächst gemächlich
nach den Strapazen auskurieren
und ließ sich jeden Tag massieren;

denn ein Problem war wirklich leidig:
die Hornhaut war nicht sehr geschmeidig.
Wenn ihn ein Mädchen sanft berührte
und er fast überhaupt nichts spürte,
dann wurde ihm so recht bewusst:
die Hornhaut schmälerte die Lust.
Doch wollt´ er sich nicht länger grämen.
Noch konnte er die Triebe zähmen,
solange er sich viel bewegte
und seine Kampfsportarten pflegte...

Bis er von einer Jungfrau hörte,
die seine Sinne gleich betörte.
Es hieß, sie lebe in Burgund,
sei blond, sehr schön ... und auch gesund
– als Gattin folglich ideal.
Selbst Siegfried war zum ersten Mal
von einer Frau sofort entzückt,
nach jener Kriemhild ganz verrückt,
obwohl er sie noch gar nicht kannte,
als man ihm ihren Namen nannte.

„Ich werde mich nicht mehr kasteien“,
sprach Siegfried, „sondern mutig freien
um Kriemhild, die in Worms am Rhein
sich fast verzehrt – nach mir allein.“

Die Eltern rieten dringend ab:
„Du schaufelst dir dein eignes Grab.
Glaub uns, wir sehn uns nimmermehr!
Für Gunther, Gernot, Giselher,
die großen Herrscher in Burgund,
bist du ein frecher junger Spund.
Nie werden sie dir Kriemhild geben.
Du büßt die Torheit mit dem Leben.“
Doch Siegfried konnte das nicht schrecken.
Er suchte sich zwölf starke Recken
und fuhr beherzt zu den Burgundern.
„Die Burschen werden sich noch wundern“,
sprach Siegfried zu den zwölf Begleitern.
„Die Werbungsfahrt k a n n gar nicht scheitern.“
Und als sie, stolz, im Wormser Hafen
mit ihrem Ruderboot eintrafen,

lief fast die ganze Stadt herbei.

Auch König Gunther stand am Kai

und fragte den erfahr´nen Hagen:

„Kannst du mir eigentlich mal sagen,

wer diese Rittersleute sind?“

„Ich kenne nur Sieglindes Kind:

Siegfried, den ewig arroganten

Erbschleicher, Drachentöter, Intriganten.“

„Dein Urteil, Hagen, klingt sehr hart“,

sprach Gunther, „deine rüde Art

gibt mir gelegentlich zu denken.

Man muss auch mal Vertrauen schenken!

Lass uns die Gäste erst begrüßen!

Kein Mensch liegt Siegfried ja zu Füßen.“

Als Xantens Crew ans Ufer trat,

war Siegfrieds erste kühne Tat,

den König unverblümt zu fragen:

„Du kennst mich ja vom Hörensagen.

Wär es nicht besser für dein Land,

wenn i c h mit fester, starker Hand

in deinem großen Reich regierte
und dich als König pensionierte?
Kannst du Burgund vor Feinden schützen?
Wenn nicht, wem solltest du noch nützen?
Bist du jedoch zum Kampf bereit,
besteht vielleicht die Möglichkeit,
den Helden Siegfried zu besiegen.
Mein Reich würd´ dir zu Füßen liegen."
Kaum hatte Hagen das gehört,
dacht´ er bei sich – maßlos empört:

„Schon wieder fängt er an zu prahlen;
ich könnte ihn wie Korn zermahlen."
Doch Gunthers andere Begleiter
empfahlen: „Denk doch etwas weiter!
Wir sollten unbedingt erwähnen,
dass uns die Sachsen und die Dänen
mit einem Angriffskriege drohen
und dass schon viele Recken flohen.
Stünd´ Siegfried uns im Kampfe bei,
wär unser Sieg fast Spielerei."

Solch Worte taten Siegfried gut.

Er sprach: „Verliert nur nicht den Mut!

Die Dänen und die Sachsen jag ich

– die kühne Prophezeiung wag ich –

mit unerbittlich strenger Hand

aus eurem angestammten Land."

Ganz nebenbei fiel ihm auch ein:

„Ich wollte ja um Kriemhild frei´n!"

Und in der Tat, nach zwei, drei Wochen

war´n beide Heere, wie versprochen,

im Kampf fast völlig aufgerieben,

der Rest, wie eingeplant, vertrieben.

Man kehrte stolz nach Worms zurück,

wo Siegfried seinem Liebesglück

mit Freuden schon entgegensah,

doch leider, leider: nichts geschah.

E r wollte keine Briefe schicken,

s i e ließ sich nur höchst selten blicken

auf Partys oder bei Turnieren.

Dort konnte Siegfried zwar brillieren,

was Kriemhild zweifellos entzückte

und ihn – naturgemäß – beglückte.

Doch sahen sie sich nie allein.

So schrieb er oft, voll Liebespein:

„I love Kriemhilde“ an die Wand,

weil er den Weg zu ihr nicht fand.

Zwar durft´ er manchmal sie begleiten,

den Weg zum Dom mit ihr beschreiten,

doch gab´s kein echtes Rendez-vous;

denn heiße Flirts war´n noch tabu.

So übte er sich in Geduld

und hoffte auf Kriemhildes Huld.

*So schrieb er nachts, was er empfand,*
*als Liebesschwüre an die Wand.*

## Wie Gunther um Brunhilde warb, für die schon mancher Recke starb

Als Siegfried fast ein ganzes Jahr
um Kriemhild „rumscharwenzelt“ war,
da dachte er: „Ich komm nicht weiter!
Mag ich als viel gerühmter Streiter
auch meine Muskeln spielen lassen,
mag sie erröten und erblassen,
wenn ich im Spiel als starker Recke
die Gegner rasch zu Boden strecke.
Ich will mich zwar im Kampf bewähren,
doch irgendwann muss ich erklären,
dass ich, bei meiner Ritterehre,
Kriemhilde liebe und begehre.
Doch ihr´s zu sagen wag ich nicht.
Vielleicht lacht sie mir ins Gesicht?“
Fast wäre Siegfried fortgeritten,
da ließ ihn Gunther zu sich bitten,
um ihn um einen Rat zu fragen;
zugegen war auch Recke Hagen.

„Ihr wisst“, sprach er, „ich such seit Jahren
nach einer Frau und hab erfahren
von einem Weib, schön, stark und wild.
Man nennt sie, glaube ich, Brunhild.
Zu ihr, nach Island, muss ich hin;
sie geht mir nicht mehr aus dem Sinn.
Wenn ihr mir helft, ist sie bald mein.
Ich hol sie von Burg Isenstein
hierher ins Königreich Burgund
und schließ mit ihr den Ehebund.“

Kaum hatte Siegfried das gehört,
sprach er zu Gunther – leicht verstört:
„Was du hier planst, ist sehr gewagt!
Hat dir denn niemand noch gesagt:
`Wer sich um Brunhilds Hand bewirbt,
riskiert, dass er sehr jung noch stirbt´?
Schon viele suchten Liebesglück
und ... kehrten ohne Kopf zurück.
Willst du nicht dieses Los erleiden,
so rat ich dir, die Frau zu meiden.

Willst du in Brunhilds Bette liegen,
musst du im Dreikampf sie besiegen,
was bisher jedem Mann misslang.
Ist dir nicht um dein Leben bang?“
„Mein Leben ist mir nicht so wichtig!“,
murrt Gunther völlig uneinsichtig.
„Ich will auf Brunhild nicht verzichten,
mag sie mich auch zugrunde richten.“

Nicht ohne Hinterlist sprach Hagen:
„Ich mein, du könntest es schon wagen,
wenn Siegfried dir zur Seite stünde,
doch hat er sicher seine Gründe,
dir von der Reise abzuraten,
trotz seiner großen Heldentaten.“
Als Siegfried diesen Vorwurf hörte,
versteckt, was ihn erst recht empörte,
da dachte er: „Für diese Reise
erhoffe ich mir Gunstbeweise.
Ich rette ihn vor dem Verderben,
dann kann ich kühn um Kriemhild werben.“

Und auf des Königs kecke Frage,

warum er gar so rasch verzage,

gab er als Antwort nur zurück:

„Ich wünsch dir für die Fahrt viel Glück.

Vielleicht wirst du sie noch bereuen,

wenn nicht, soll´s m i c h besonders freuen;

denn i c h fahr mit zu deinem Schutz,

wenn auch nicht ohne Eigennutz.

Führst du Brunhilde an den Rhein,

soll Kriemhild meine Gattin sein.“

„Wenn´s das nur ist, ist alles klar!

Ich grüble schon seit einem Jahr,

ob dir Kriemhild total missfällt.

Warum, um alles in der Welt,

hast du nicht einmal sie gefragt?

Sie hätte längst schon Ja gesagt.

Sie liebt doch muskulöse Recken,

die ihre zarten Triebe wecken...

Doch nun zu unsrer Fahrt zurück!

Ich denk, es wär ein Meisterstück,

käm ich mit dreißigtausend Mann
auf Brunhilds Schloss ganz lässig an."
Doch Siegfried meinte sehr bescheiden:
„Du solltest diesen Aufmarsch meiden.
Die Heerschar würde auch nichts nützen;
nur ich allein kann dich beschützen.
Es reicht, wenn Dankwart, du und Hagen
mit mir das Abenteuer wagen.
Wir brauchen freilich schöne Kleider.
Und deshalb hoff ich, dass dein Schneider
uns glänzend ausstaffieren kann;
denn Brunhild schätzt den Edelmann,
den seine Rüstung prächtig ziert,
bevor er seinen Kopf verliert."

Kaum hatte Hagen das gehört,
entgegnete er sehr empört:
„Erzähl nicht ständig Schauermärchen!
Du willst doch selbst noch ein paar Jährchen
zusammen mit Kriemhild verbringen.
Drum wirst du Brunhild niederringen."

„Genug jetzt mit dem Zank und Streit!“,
sprach Gunther, „ich bin längst bereit,
das hohe Risiko zu tragen,
doch müssten wir noch Kriemhild fragen,
was wir für Kleider tragen sollen,
wenn wir Brunhild gefallen wollen.
I h r können wir uns anvertrauen;
sie soll mit ihren Kammerfrauen
uns wahre Prachtgewänder nähen.
Dann wird mich Brunhild nie verschmähen.“
Kriemhilde ließ sich nicht lang bitten,
hat wochenlang nur zugeschnitten,
gestickt, gehäkelt und gewoben,
kunstvoll verziert die Ritter-Roben
mit Perlen und mit Edelsteinen.
Ein jeder schwärmte – bis auf einen.
Man braucht im Grunde nicht zu fragen;
Kritik kam wieder mal von Hagen:
„Wir sehen aus wie eitle Gecken
und nicht wie kampferprobte Recken.“

*Doch Gunther dämpfte Hagens Wut:*
*„Der Samtrock kleidet dich sehr gut."*

Doch Gunther dämpfte seine Wut:

„Der Samtrock kleidet dich sehr gut.

Du stehst zwar mehr auf Kettenhemden,

doch könnt es Brunhild leicht befremden,

wenn wir in voller Rüstung kämen

und uns ganz kriegerisch benähmen."

Nach dieser müßigen Debatte,

die nur viel Zeit gekostet hatte,

ward all die schöne Kleiderpracht

in Kisten auf ein Boot gebracht.

Dann schiffte man sich endlich ein

in Richtung auf Burg Isenstein.

Zwölf Tage war man auf dem Wasser.

„Ich war zwar immer Frauenhasser",

dacht' Hagen, „doch erst diese Reise

bestätigt auf besondre Weise,

dass Männer, die auf Freiersfüßen,

vollständig den Verstand einbüßen.

Es wäre doch ein wahres Wunder,

ließ sich im Reiche der Burgunder

nicht e i n e schöne Jungfrau finden,

die man mit Gunther könnt verbinden.

Doch nein, und sei es nur aus Trotz,

er will partout den Muskelprotz,

dies Weib, das uns vielleicht ersticht...

Bei Wotan, ich versteh das nicht."

# Wie Gunther Brunhild durch Betrug im Leichtathletik-Dreikampf schlug

Wie schon erwähnt, erst nach zwölf Tagen
sah man Burg Isenstein aufragen.
Der Hofstaat stand schon auf den Zinnen
und dachte: „Wer ist so von Sinnen,
dass er Brunhildes Reich betritt,
die jedem noch den Kopf abschnitt,
der kühn um ihre Liebe warb,
im Dreikampf unterlag ... und starb?
Wer würde es wohl diesmal sein?“
Schon fand sich auch Brunhilde ein
und fragte barsch ihr Hofgesinde,
wer sich an Bord des Schiffs befinde.
„Uns sind die Recken nicht bekannt;
doch trägt ein jeder ein Gewand,
so reich an Perlen und Geschmeide –
es ist die reinste Augenweide.
Und ihre Haltung ist so stolz;
sie sind gewiss aus andrem Holz

als alle Männer, die bisher

mit dir sich maßen mit dem Speer

und in den andren Disziplinen.

W i r glauben, dass sie es verdienen,

von dir sogleich begrüßt zu werden;

denn Schönres sahn wir nicht auf Erden."

Gelangweilt hörte Brunhild zu

und dachte: „Was für ein Getu´!

Vier Männer eben und nichts weiter,

darunter sicherlich kein Streiter,

der mich im Dreikampf könnt besiegen.

Ich seh sie schon im Staube liegen.

Doch will ich einmal selber schauen.

Wie? Darf ich meinen Augen trauen?

Verwetten will ich Gold und Geld,

wenn er´s nicht ist, der große Held.

Ich sehe, wie sein Bizeps schwillt.

Mein Siegfried ist´s – die Wette gilt!

Er ist so kühn, um mich zu werben,

will mich besitzen oder sterben.

Auch ich würd gern des starken Recken
berühmte Männlichkeit entdecken.
Und nun geleitet unsre Gäste
den steilen Berg hinauf, zur Veste!
Ich werde sie am Tor empfangen;
denn allzu groß ist mein Verlangen
zu hören, wie der starke Held
mir einen Heiratsantrag stellt."
Bald trafen sie am Burgtor ein.
Erfreut bat Brunhild sie herein:
„Seid alle herzlich hier willkommen!
Ich hätte niemals angenommen,
dass Siegfried weit vom Niederrhein
hierher kommt nach Burg Isenstein,
mit drei der edelsten Vasallen;
ihr fandet alle viel Gefallen."
Doch Siegfried unterbrach sie gleich:
„Ich werde zwar ein Königreich
demnächst von meinem Vater erben;
ich will jedoch nicht um dich werben.

Ich geb nur meinem Herrn Geleit;
denn Gunther ist´s, der um dich freit."
Brunhilde konnte es nicht fassen.
Sie wusste nicht, ob sie erblassen,
erröten oder toben sollte ...
Was sie jedoch bestimmt nicht wollte,
war: zweite Qualität zu wählen
und sich mit Gunther zu vermählen.
Und statt den weit gereisten Vieren
erst eine Mahlzeit zu servieren,
ließ sie die Kampfbahn vorbereiten.
Natürlich lässt sich nicht bestreiten,
dass sie mit allem, was sie tat,
das Gastrecht arg mit Füßen trat.
Doch Brunhild war das ganz egal.
Sie dachte nur: „Auch dieses Mal
werd ich den Schwächlingen beweisen,
dass sie vielleicht in ihren Kreisen
gewinnen alle Ritterspiele;
bei mir jedoch versagten viele.

Drum sollten wir nicht lange warten;
lasst Gunther mal im Dreikampf starten!"
Siegfried erriet Brunhilds Gedanken.
Er wollt nicht weichen und nicht wanken,
schlich sich zum Schiffe, ganz verstohlen,
um dort die Tarnkappe zu holen.
Nur damit konnte es gelingen,
Brunhilde erstmals zu bezwingen.
Zu seinem und zu Gunthers Glück
kam er zur rechten Zeit zurück,
bevor, wie es Brunhilde wollte,
des Königs Kopf im Sande rollte.

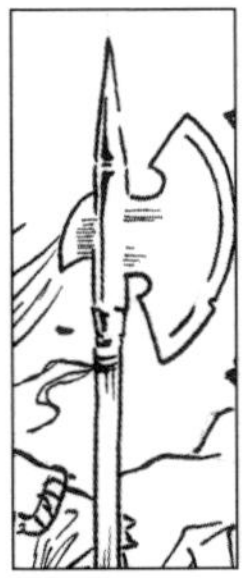

Schon schleppte man der Jungfrau Speer
und ihren Schild, vier Zentner schwer,
in die Arena, und Brunhild
ergriff den Speer, fuchsteufelswild,
und schleuderte ihn voller Kraft;
niemals hätt Gunther es geschafft,
mit seinem Schilde standzuhalten;
er ließ ergeben Siegfried walten,

der, ohne dass er viel riskierte,
den ungeheuren Wurf parierte.
Brunhilde war ganz konsterniert,
denn das war ihr noch nie passiert.
Nun griff sich Gunther kühn den Speer,
vier Zentner, eigentlich zu schwer,
doch Siegfried führte ihm die Hand,
und Gunthers Wurf war imposant:
Er schleuderte, dank Siegfrieds Kraft
– nicht mit der Spitze, mit dem Schaft –,
die Lanze gegen Brunhilds Schild,
um ja nicht dieses Götterbild

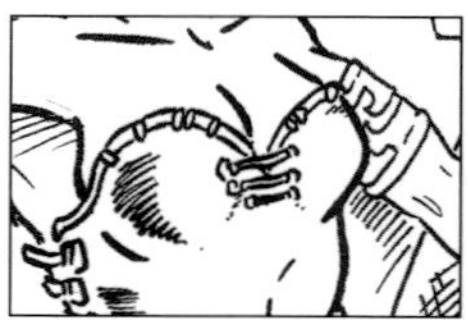

von einem Weibe zu verletzen,
doch sahen alle mit Entsetzen,
wie Brunhild auf den Hintern fiel.
Doch noch war Gunther nicht am Ziel.
Brunhilde tobte: „Holt den Stein!“
Zwölf Recken trugen ihn herein.
Als Hagen diesen Felsblock sah,
da dachte er: „Nun ist es nah,

das Ende, wie ich´s prophezeite.

Könnt ich, ich suchte rasch das Weite.

Und trotzdem bin ich aufgeregt.

Wie wohl das Weib den Klotz bewegt?“

Schon hatte Brunhild zugefasst;

sie schleuderte die Tonnenlast

wie andre einen Kieselstein ...

und sprang behänd noch hinterdrein.

„Jetzt rettet uns nur noch ein Wunder“,

so dachten alle drei Burgunder.

Nur Siegfried hatte keine Bange.

„Was Brunhild kann, kann ich schon lange.“

Das war zwar furchtbar angegeben;

denn Siegfried hätte nie im Leben

das schier Unmögliche geschafft.

Die Tarnkappe gab ihm die Kraft

von dreizehn durchtrainierten Recken

und auch die Chance, sich zu verstecken.

Er führte, weiter unerkannt,

des Königs allzu schwache Hand

und warf den ungeheuren Brocken,
als wär´s ein Päckchen Haferflocken.
Dann sprang er, Gunther auf dem Rücken
– es konnte eigentlich nicht glücken –,
dem Stein – wie Brunhild – hinterher ...
Und schaffte ... gut drei Meter mehr.
Mocht Brunhild auch vor Wut nur beben,
sie musste sich geschlagen geben.
Inzwischen hatte Siegfried, sacht,
die Tarnkappe aufs Schiff gebracht,
kam auf die Burg zurück, sehr eilig,
und fragte Brunhild, ganz scheinheilig:
„Wann soll der große Wettkampf starten?
Ich kann es wirklich kaum erwarten,
dass Gunther allen hier beweist,
dass er mit Recht hier angereist.“
Und Hagen sprach voll Hinterlist:
„Wir rätselten, wo du nur bist.
Doch Gunther hat mit Mut und Kraft
das schier Unmögliche geschafft;

*Schon hatte Brunhild zugefasst*
*und schleuderte die Tonnenlast ...*

er hat Brunhild allein bezwungen.

Das ist noch keinem Mann gelungen!

Und zwar in allen Disziplinen.

Nun wird sie ihm als Weib stets dienen."

„Die Nachricht hör ich wirklich gern",

sprach Siegfried, „war ich euch auch fern.

Ich musste nach den Segeln schauen,

doch hatte ich sehr viel Vertrauen

in Gunther, der als Leichtathlet

sein Handwerk exzellent versteht."

Brunhilde schaute finster drein

und dachte sich: „Wie kann es sein,

dass mich ein solcher Hampelmann

im Dreikampf glatt besiegen kann?

Ich frag mich wirklich unentwegt:

Wie haben sie mich reingelegt?"

Trotz dieser Zweifel war ihr klar,

dass sie zunächst verpflichtet war,

sich mit dem Sieger zu vermählen,

als neuen Wohnsitz Worms zu wählen.

Drum setzte sie auf Isenstein
rasch einen Reichsverweser ein,
der bis auf weiteres den Staat
und sie als Königin vertrat.
Dann ging sie, bleich vor Wut, an Bord
und fuhr mit den Burgundern fort,
auch wenn sie es nur schwer ertrug;
sie ahnte sicher den Betrug.

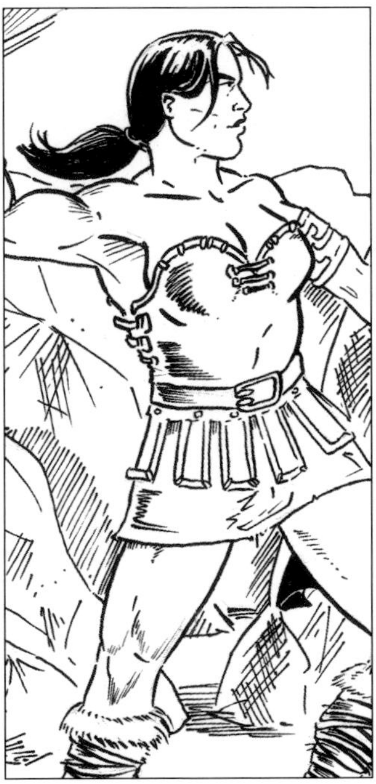

# Wie Brunhild nach dem Schurkenstreich gelangte ins Burgunderreich

Neun Tage fuhr man auf dem Rhein,
da fiel dem König plötzlich ein:
„Ich schicke jemanden voraus;
er soll schon mal in Worms, zu Haus´,
dem Volk und den Verwandten melden,
dass Brunhild bald mit mir, dem Helden,
in ihre neue Heimat käme...
und dass ich es sehr übel nähme,
wenn jemand den Faux-Pas beginge
und meine Braut sehr kühl empfinge.“
Freund Siegfried ließ sich nicht lang bitten
und war kaum einen Tag geritten,
da war er schon bei den Burgundern,
die gleich (wen würde es nicht wundern!),
da er allein kam, heftig klagten
und Siegfried immer wieder fragten:
„Was ist mit Gunther, Dankwart, Hagen?
Hat Brunhild alle totgeschlagen?

Ging unser großer König Gunther
im Zweikampf mit Brunhilde unter?“
Geduldig ließ sie Siegfried fragen...
und sprach dann: „Könnte ich es wagen
zurückzukehren ganz allein?

Ich sage euch: Auf Isenstein
hat Gunther deutlich demonstriert,
wie man bei Frauen triumphiert.
Er wird mit Dankwart und mit Hagen
Burgund erreichen in zwei Tagen,
ein stolzes Weib an seiner Seite,
um das er höchst erfolgreich freite.
Der König wünscht sich den Empfang
mit Blasmusik und Chorgesang,
damit Brunhilde rasch vergisst
und ihre Freiheit nicht vermisst.“
Man lief zur Königsmutter Ute,
die meist in ihrem Prachtbett ruhte,
und brachte ihr die frohe Kunde
von Gunthers und Brunhildes Bunde.

Natürlich freute sie sich sehr,
rief Gernot und auch Giselher
und sagte zu den beiden Söhnen:
„Brunhilde soll sich gleich gewöhnen
an unsre viel gerühmten Feste.
Holt aus dem Keller nur das Beste
an Edelbränden, Met und Weinen!
Die junge Braut soll ja nicht meinen,
dass wir uns kein Vergnügen gönnten
und nur verbissen kämpfen könnten."
Dann lief das Volk zum Fluss hinunter,
um Brunhild ... und natürlich Gunther
bei ihrer Ankunft zu begrüßen.
Dem Brautpaar lag Burgund zu Füßen.
Und als das Schiff im Dämmerlicht
im Wormser Hafen kam in Sicht,
war die Begeist´rung beispiellos,
die Fan-Gemeinde riesengroß.
Man schwenkte Hüte und rief laut:
„Es lebe König Gunthers Braut!"

*Man schwenkte Hüte und rief laut:*
*„Es lebe König Gunthers Braut!"*

Fast hätte Brunhild, ganz gerührt,
für Gunther Sympathie verspürt.
Doch als sie Siegfried wieder sah,
war sie vor Wut den Tränen nah.

Den Helden kümmerte dies wenig.
Er trat entschlossen vor den König
und sprach: „Du hast vor rund vier Wochen
mir Kriemhild fest zur Frau versprochen,
falls du mit Brunhild kehrst zurück.
Genieße nun dein Liebesglück,
doch löse dein Versprechen ein:
Ich möchte bald dein Schwager sein."
Kaum hatte Brunhild das gehört,
sprach sie zu Gunther, ganz empört:
„Ich weiß nicht, wie ein Lehensmann
dich derart frech erpressen kann.
Gibst du ihm deiner Schwester Hand,
wird sie verhöhnt im ganzen Land."
„Lass das mal meine Sorge sein!
Für Kriemhild ist´s kaum Höllenpein,

wenn sie mit Siegfried sich vermählt.
Sie hätte ihn auch selbst gewählt.
Im Übrigen kommt Siegfrieds Reich
dem meinen ohne Frage gleich.
Lass uns nun Doppelhochzeit feiern!
Heut Nacht werd ich dich gern entschleiern."
Doch Brunhild dachte: „Wart´s nur ab!
So schnell bringst du mich nicht auf Trab.
Wenn wir im Ehebett erst liegen,
musst du mich noch einmal besiegen."
Noch war sich Gunther nicht im Klaren:
d i e Ehe barg für ihn Gefahren.
So ließ er – unbesorgt – bestellen
zwei Männerchöre, Blaskapellen,

begann mit Brunhild kess zu „schwofen"
und sang begeistert alle Strophen
von „Wahre Freundschaft soll nicht wanken",
um sich bei Siegfried zu bedanken.
Die meisten Ritter, statt zu tanzen,
vergnügten sich mit ihren Lanzen.

Sie ließen durch die Luft sie schwirren

und auch die schweren Schwerter klirren.

Es war ein wunderbares Fest,

doch stand noch aus ... ein Härtetest:

denn Gunther hatte nicht bedacht,

dass Brunhild in der ersten Nacht

mit ihrer ungeheuren Kraft

womöglich doch Probleme schafft.

# Wie Gunther in der Hochzeitsnacht sich ziemlich lächerlich gemacht

Als abends, nach den Ritterspielen,
die Recken in die Kissen fielen,
sah man gespannt auf König Gunther,
doch er schien immer noch putzmunter;
denn er war offenbar ganz wild
darauf, dass seine Frau Brunhild
das Ehelager mit ihm teile.
Doch dauerte es noch eine Weile,
bis sie sich all der Kleiderpracht
entledigt und ganz frei gemacht.
Man merkte es ihr richtig an:
sie stand nicht recht auf diesen Mann.
Und als er neben sie sich legte,
weil ihn das Warten stark erregte,
sprach er: „Oh komm, mein holdes Weib!
Ich sehne mich nach deinem Leib,
so drahtig und so muskulös;
du bist mir sicherlich nicht bös,

wenn ich sanft streichle deinen Bauch...
und andre Körperteile auch."
Doch Brunhild weist ihn brüsk zurück:
„Für dich wär´s wohl das größte Glück,
ein wenig Hand an mich zu legen
und dich dabei leicht zu erregen;
allein, ich bin noch nicht bereit
zu opfern die Jungfräulichkeit."

„Jetzt reißt mir aber die Geduld!",
schreit Gunther, „ist es meine Schuld,
dass du´s, trotz deiner Muskelkraft,
im Dreikampf einfach nicht geschafft
hast, König Gunther zu besiegen?
Drum bleib jetzt endlich ruhig liegen!
Denn ich hab nun, verdammtes Weib,
ein Recht auf diesen – deinen – Leib."
„Wir wolln doch sehen", brüllt Brunhild
– und ihre Augen funkeln wild –,
„ob dir dein Stolz, die Manneskraft,
nicht gründlich und sehr schnell erschlafft,

wenn ich dich fessle kurzerhand
und lasse hängen an der Wand,
an jenem Nagel, eingeschlagen –
auf meinen Wunsch – vom Recken Hagen."
Doch Gunther denkt noch ganz erotisch:
„Sie will mich fesseln, wie exotisch!"
Derweil hat Brunhild in Sekunden
den Gurt vom Hemd sich losgebunden
und ihn an Beinen und an Armen
ganz fest verzurrt, ohne Erbarmen.
Sie hängt ihn lässig an die Wand,
was Gunther nicht mehr lustig fand.
Er zetert, zappelt wild und schreit:

„Das, Brunhild, geht nun doch zu weit!
Heb mich von diesem Nagel runter!
Ich will´s, dein Herr und König Gunther."
„Du bist zwar König, doch kein Mann,
der mich im Bett bezwingen kann.
Im Dreikampf hast du mich bezwungen,
da ist dir alles gut gelungen...

wie und warum, weiß ich nicht recht,

doch heute Abend geht´s dir schlecht.

Drum lass dir ruhig noch etwas Zeit

beim Kampf um die Jungfräulichkeit!

Statt mich andauernd zu bedrängen,

bleib heute Nacht geduldig hängen!

Mal sehen, wann der starke Held

allein vom Nagel runterfällt.

Ich schlaf ein wenig unterdessen."

„Bist du vom Teufel denn besessen,

verrückt geworden oder toll?

Ich weiß nicht, was das alles soll!

Was werd ich wohl den Dienern sagen,

wenn sie am frühen Morgen fragen,

warum ich ganz allein aufstand

und flugs mich hängte an die Wand?

Soll ich erwidern: `Nein, ihr irrt!

Brunhilde ist nur leicht verwirrt.

Sie fühlte sich total beengt

und hat mich aus dem Bett gedrängt.

*Sie hängt ihn lässig an die Wand,*
*was Gunther nicht mehr lustig fand.*

Und deshalb habe ich die Nacht
an diesem Nagel zugebracht? "
Als er so überzeugend sprach,
gab Brunhild, wenn auch ungern, nach,
und schon nach vier, fünf langen Stunden
ward Gunther wieder losgebunden.
Er durfte neben sie sich legen,
doch nichts berühren noch bewegen.
Am Morgen sah die Dienerschar
im Bett vereint das Königspaar
und glaubte, Gunther hätt vollzogen
die Ehe, doch die Bilder trogen.

## Wie Brunhild ihre Jungfernschaft verlor – dank Siegfrieds Mut und Kraft

Als man am nächsten Tag sich traf,
frug Siegfried ganz naiv und brav:
„Na, war die Liebesnacht recht wild,
mit deinem Superweib Brunhild?"
Doch Gunther meinte matt und müde:
„Das Prachtweib war doch eher prüde.
Ich habe meine Hochzeitsnacht
weitgehend an der Wand verbracht."
„Wie an der Wand? Was soll das heißen?"
„Ich könnt sie in der Luft zerreißen!
Statt sich mit freudigem Erbeben
mir, König Gunther, hinzugeben,
hat sie, von mir nur leicht berührt,
mich wie ein Post-Paket verschnürt
und dann am Nagel mich befestigt.
Sie fühlte sich sexuell belästigt
und höhnte noch ganz ungeniert:
„Von dir werd ich nicht defloriert! "

Da ärgerte sich Siegfried sehr.
„Jetzt, Gunther, muss die Tarnkapp´ her!
Das Mannweib werd ich Mores lehren.
Mag sie sich weigern und auch wehren,
ich werde sie schon niederringen,
im Dunkeln aus dem Bett dann springen,
und du trittst rasch an meinen Platz,
stürzt dich auf sie mit einem Satz...
Das Weitre ist ein Kinderspiel,
verfehlst du nachts nur nicht das Ziel."

„Das lass mal meine Sorge sein!
Da brauch ich keinen Führerschein!
Ansonsten bin ich von dem Plan
im Wesentlichen angetan."
Gewiss, ihn plagten schon auch Sorgen,
ob Siegfried, von der Kapp´ verborgen,
sich nicht auch Lust bereiten könnte,
die er selbst diesem Freund nicht gönnte.
Doch sonst fand er den Plan genial.
„Das Weib hat mich zum letzten Mal

im Bett verhöhnt und ausgelacht.

Heut Nacht wird sie zur Frau gemacht!“

Die Sache lief wie abgesprochen.

Die Nacht war schon hereingebrochen,

die Ritter und das Heer der Knappen

verzehrten Reste, Käsehappen...

Als auch die allerletzten Gäste

heimtorkelten vom Hochzeitsfeste,

zog sich das Königspaar zurück,

um scheinbar höchstes Liebesglück

im Ehebette zu genießen...,

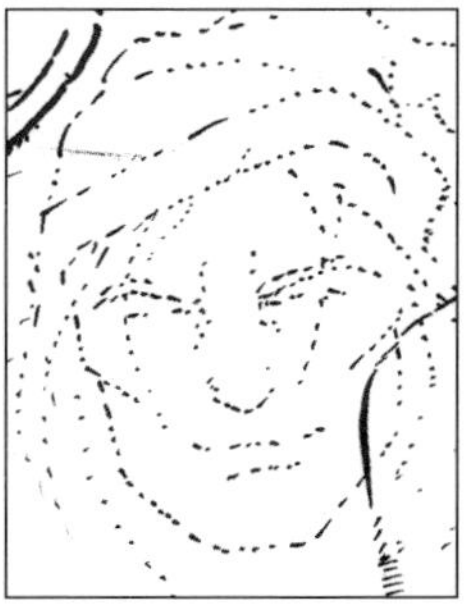

wobei sie sich entkleiden ließen

– wie üblich – von der Dienerschar,

darunter Siegfried, unsichtbar.

Dann ward die Türe zugemacht.

Die Diener sagten: „Gute Nacht!“

Nur Siegfried blieb noch auf dem Posten.

(Es sollte ihn das Leben kosten!

Nicht gleich, nein, sehr viel später!

Hagen von Tronje war der Täter.)

Zunächst sprach Gunther voller List:
„Wenn du ein wenig schamhaft bist,
so lösche ich sogleich die Kerzen;
ich kann dich auch im Dunkeln herzen,
liebkosen, streicheln und umarmen
den wunderbaren Leib, den warmen.“
„Das, Gunther, lässt du besser sein!
Erspar dir Schande, Schmerz und Pein!
Du kannst mich nicht zur Liebe zwingen.“
„Dir werde ich Respekt beibringen!“,
erwidert Gunther voller Zorn.
Und ... Siegfried stürzt beherzt nach vorn,
packt Brunhild an den Oberarmen,
mit hartem Griff, ohne Erbarmen.
Er drückt sie auf das Bett herunter

– schon schleicht herbei der Schwächling Gunther.
Doch da, im letzten Augenblick,
entreißt sich Brunhild mit Geschick,
wirft Siegfried gegen einen Schrank
– er brach sich nichts, dem Herrn sei Dank.

*Er drückt sie auf das Bett herunter*
*– schon schleicht herbei der Schwächling Gunther.*

Zwar krachten alle seine Rippen,
doch kam kein Laut von seinen Lippen;
denn hätte er vor Schmerz geschrien,
nie hätte Gunther ihm verziehn.
Brunhilde hätte gleich erkannt,
wer mit ihr rang – stark und gewandt.
Sie hätte Gunther ausgelacht,
dass er sich Siegfried mitgebracht,
um sie ins Ehebett zu zwingen,
weil er´s allein nicht konnt vollbringen.
So hörte man denn keinen Laut,
als Siegfried nochmals Gunthers Braut,
voll Wut im Bauch, hart attackierte,
bis er – zu seiner Freude – spürte,
dass endlich ihre Kräfte schwanden.

Lang hätt er´s nicht mehr durchgestanden!
Was Gunther so ersehnt, trat ein:
Das Superweib war endlich klein!
Die widerspenstige Brunhilde
bat i h n um Gnade und um Milde:

„Heut gingst du kraftvoll, kühn zu Werke
und zeigtest deine wahre Stärke.
Kannst du noch einmal mir verzeihn,
will ich dir gern zu eigen sein."
Solch Worte hörte Gunther gern
und wünschte, Siegfried wäre fern.
Drum sagte er zu Brunhild, laut:
„Verziehen sei dir, holde Braut!
Die Tat von gestern sei vergessen,
sobald ich dich heut Nacht besessen."

Für Siegfried waren diese Worte
ein Zeichen, dass er sich vom Orte
der Missetat entfernen sollte,
doch, was er unbedingt noch wollte,
war der Besitz von zwei Trophäen,
die ihn erinnern sollten an den zähen
und harten Kampf, den er geführt.
So stahl er Brunhild ungeniert
den Gürtel und den Fingerring,
bevor er aus dem Zimmer ging,

von Brunhild weiter unentdeckt,
weil durch die Tarnkappe versteckt.
Voll Sehnsucht wartete auf ihn
Kriemhild und gab sich freudig hin.
Sie fragte nur ganz nebenbei,
wo er so lang gewesen sei.
Zunächst verschwieg er ihr den Grund,
doch schließlich tat er ihr doch kund,
dass er, von Brunhild unbemerkt,
des Königs Macht im Bett gestärkt.
Doch Kriemhild hörte gar nicht hin.
Ihr stand nach Schönerem der Sinn.
Viel später, ohne zu bedenken,
dass er bei der Art von Geschenken
den dümmsten Fehler wohl beging,
schenkte er Kriemhild Gurt und Ring.
(So kraftvoll er auch ging zu Werke,
Nachdenken war nicht seine Stärke.)
Zurück zu Gunther, der die Nacht
sexuell durchaus aktiv verbracht;

denn der erzwungene Verkehr

veränderte die Lage sehr:

Brunhildes Muskeln, das ist Fakt,

verkümmerten beim Liebesakt.

Nun durfte sie – wie alle Frauen –

voll Stolz zu ihrem Mann aufschauen.

So konnten die zwei großen Helden

nur Siege tags darauf vermelden.

Ein jeder war mit sich zufrieden,

war´n auch die Leistungen verschieden!

Man feierte auf alle Fälle,

gab Partys, Serenaden, Bälle;

man focht mit Schwertern und mit Lanzen

und ließ die Puppen richtig tanzen.

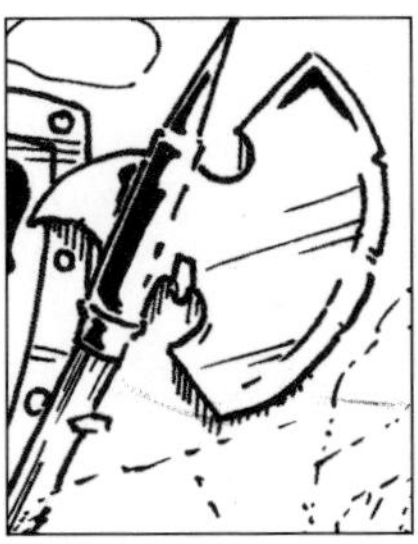

So „ging es rund“ an vierzehn Tagen

mit Ritterspielen, Festgelagen,

bis Gunther seine vielen Gäste

gnädig entließ vom Hochzeitsfeste.

Erleichtert wünschten sie „Viel Glück!“

und ritten auf ihr Schloss zurück.

Auch Siegfried hatte es längst satt

und sprach zu Gunther, völlig matt:

„Ich war jetzt lang genug bei dir,

ich hoffe, du gestattest mir,

dass ich mit Kriemhild fahr nach Xanten

zu meinen Eltern und Verwandten.

Schon morgen schiffen wir uns ein,

um möglichst bald zu Haus zu sein.“

# Wie Dünkel, Stolz und Eitelkeit entfachten Brun- und Kriemhilds Streit

Natürlich ward das Paar in Xanten
von Siegfrieds Eltern und Verwandten
mit großer Freude aufgenommen,
vor allem Kriemhild war willkommen.
„Jetzt kann ich endlich ruhig sterben“,
sprach Siegmund, „und mein Reich vererben.“
Sehr spät, im zehnten Ehejahr
Kriemhilde einen Sohn gebar.
Auch Brunhild dachte an den Thron
und schenkte Gunther einen Sohn.
So hätten beide Königspaare
noch leben können viele Jahre.
Doch Brunhild plagten ständig Zweifel:
„Wie kommt es“, fragte sie, „beim Teufel,
dass Siegfried, Gunthers Lehensmann,
sich derart dreist benehmen kann?
Er zeigt sich nie, zahlt keine Steuer,
ich find die Frechheit ungeheuer.

Egal, was andre von mir denken –
ich will und werde ihm nichts schenken."
Natürlich durfte sie´s nicht wagen,
den Standpunkt Gunther vorzutragen;
denn dieser fühlte sich verpflichtet...
und hatte längst darauf verzichtet,
von Siegfried etwas zu verlangen.
Ihm war ja schließlich nicht entgangen,
dass ohne die Betrugs-Affäre
sein Körper längst vermodert wäre –
hoch oben auf Burg Isenstein...
Und jetzt war dieses Prachtweib sein!
So fragte Brunhild ihren Mann:
„Mein lieber Gatte, sag mir, wann
werd ich die beiden wiedersehen?
Es geht mir keineswegs ums Lehen!
Ich hab nur Sehnsucht nach den beiden,
doch du allein hast zu entscheiden,
ob sie uns bald besuchen sollen.
Ich glaube fast, dass sie uns grollen."

Zunächst sprach Gunther: „Also ehrlich,

mir wär die Reise zu beschwerlich!

Wie weit liegt Xanten von Burgund!

Das ist für mich der wahre Grund,

warum die beiden sich bis jetzt

noch niemals auf ihr Pferd gesetzt,

um bis ins ferne Worms zu reiten.

Du kannst doch wirklich nicht bestreiten:

Wir wären auch zu Haus geblieben...

und hätten ab und zu geschrieben."

Doch Brunhild, stets geneigt zu bohren,

lag Gunther so lang in den Ohren,

bis er ihr endlich zugestand:

„Ich schicke Boten in ihr Land

und lade sie sehr herzlich ein.

Dann wirst du wohl zufrieden sein."

Zwölf Tage brauchten die Gesandten,

bis sie von Worms erreichten Xanten.

Kriemhild empfing sie voller Freude

im königlichen Schlossgebäude,

besprach sich kurz mit ihrem Mann,
und beide nahmen dankend an.
Auch Schwiegervater Siegismund
wollt endlich einmal nach Burgund –
nicht nur der guten Weine wegen;
er wollte auch Kontakte pflegen
mit den Verwandten von Kriemhilde.
Noch führten sie ja nichts im Schilde.
Ob Gernot, Gunther, Giselher –
sie feierten die Wiederkehr
der schönen Schwester in Burgund.
Die Nachricht ging von Mund zu Mund:
„Siegfried und Kriemhild sind zurück!“
Für Mutter Ute welch ein Glück!
Man lud die weit gereisten Gäste
tagtäglich ein zu jedem Feste,
und Siegfried durfte bei Turnieren
sein großes Können demonstrieren.

Die beiden königlichen Frauen
erzählten sich, noch voll Vertrauen,

Geschichten aus der Jugendzeit

und pflegten die Geselligkeit.

Doch eines Tags, fast wie nach Plan,

erfasste beide Frau´n ein Wahn:

Sie suchten förmlich nach dem Streit;

der Anlass: pure Eitelkeit.

Es war zur frühen Abendstunde;

man plauderte in froher Runde.

Die Männer spielten ihren Skat,

bis Siegfried sie mit Nachdruck bat,

das öde Spiel zu unterbrechen.

Ihm stünd der Sinn nach Lanzenstechen.

Schon schwirrten überall die Speere.

Man kämpfte wieder um die Ehre,

vor allem um die Gunst der Frauen.

Sie mussten jeden Kampf anschauen.

Als Siegfried in die Kampfbahn trat,

was er noch immer gerne tat,

war Kriemhilds Stolz fast grenzenlos;

dies führte zum Zusammenstoß.

„Mein Siegfried“, sprach sie, „ist der Größte“,
womit sie Brunhild Neid einflößte.
„Der Größte, wie du weißt, ist Gunther!
Ein Lehensmann steht weit darunter.“

Doch Kriemhild fuhr sie wütend an:
„Mein Siegfried ist kein Lehensmann;
denn seinem großen Königreich
kommt Gunthers Klein-Burgund nicht gleich.“
„Wir werden morgen früh ja sehen,
wenn wir zur Heil´gen Messe gehen“,
sprach Brunhild, „welche von uns beiden
sich zähneknirschend wird bescheiden,
den Dom als zweite zu betreten.
Ich werd für dich um Einsicht beten.“
Am nächsten Morgen – der Countdown.
Vorm Dom ein Heer von Kammerfrau´n,
die sich um ihre Herrin scharten,
zur andren Seite Abstand wahrten.
Sie trugen alle Prachtgewänder,
Geschmeide und bestickte Bänder.

Man spürte, dass die Königinnen
im Grunde nur auf Rache sinnen.
Brunhild begann mit dem Disput
und schürte Kriemhilds blanke Wut.
Sie sprach: „Ich weiß nicht, ob sie´s wagt
– im Grunde ist sie ja nur Magd –,
uns dreist den Vortritt zu versagen.“
Nun platzte Siegfrieds Frau der Kragen.
Sie sprach: „Ich wollt´s dir nicht verraten:
Dein Mann saß noch beim Wildschweinbraten
– du weißt, er liebt das gute Essen –,
da hat dich Siegfried schon besessen.
E r raubte dir die Jungfernschaft –
für dich im Grund sehr schmeichelhaft!
Du wärst, von vielen zwar umworben,
als alte Jungfer doch gestorben.
Vor Muskelkraft und Power strotzend
und jedem Freier mutig trotzend.“
Dass Brunhild sich maßlos empörte,
als sie die Unterstellung hörte,

wird jeder sicherlich begreifen.

Sie dachte nicht daran zu kneifen

und attackierte wild entschlossen

die Gegnerin mit Wort-Geschossen:

„Du bist doch völlig wirr im Hirne!

Denkst du, ich sei nur eine Dirne,

die jeder Knecht begatten kann?

Dein Siegfried ist nur Lehensmann.

Ich würde mich von Grund auf hassen,

hätt ich mit ihm mich eingelassen.

Steig du vom hohen Ross herunter!

Dein Mann ist nur Lakai von Gunther."

Der Angriff, frisch und unverzagt,

war ohne Zweifel sehr gewagt;

denn nun war Kriemhild außer sich

und rächte sich, nicht zimperlich.

Sie zeigte Brunhild Gurt und Ring:

„Nun sag mir doch, du dummes Ding,

wie ich zu deinen Sachen kam

und wer sie dir im Brautbett nahm!"

*Brunhild begann mit dem Disput*
*und schürte Kriemhilds blanke Wut.*

Brunhilde, völlig konsterniert,

sah Gurt und Ring und war blamiert.

Sie schwieg verdutzt für zehn Sekunden,

und schon war Kriemhild stolz entschwunden;

denn sie wollt´ ja den Dom betreten...

als erste, um dort fromm zu beten.

Als nach der heftigen Debatte

Brunhild vom Schock erholt sich hatte,

betrat sie auch das Gotteshaus,

doch war es mit der Andacht aus.

Sie ging nicht mal, man ahnt es schon,

an diesem Tag zur Kommunion.

Kaum war das Orgelspiel verklungen,

das „Ite, missa est“ gesungen,

ließ Brunhild König Gunther holen

und fragte ihn ganz unverhohlen,

ob Kriemhild noch bei Sinnen sei.

Sie würd´ sich diese Pöbelei

auf keinen Fall gefallen lassen

und dieses Weib auf ewig hassen.

„Ja sag doch: Was ist denn passiert?“,
frug Gunther Brunhild konsterniert.
„Das Weib behauptet, Siegfried hätte
mich längst vor dir gehabt im Bette.
Ich hoff, du wirst das dementieren
und deinen Schwager herzitieren.“
„Darauf kannst du dich fest verlassen.
Ich sehe Kriemhild schon erblassen,
wenn sie, der Lüge überführt,
des Gatten harte Strafe spürt.“
Rasch schickte Gunther Boten aus
nach Siegfried, der im Gästehaus
im Fitness-Raum sehr hart trainierte,
doch ohne weitres akzeptierte,
das Training sofort abzubrechen;
denn Gunther wollte ihn ja sprechen.
Als er zu seinem Schwager kam
und Brunhilds Anklage vernahm,
war er zunächst sichtlich verstört
und über seine Frau empört.

„Wie konnte es Kriemhilde wagen,
dir, Brunhild, diesen Stuss zu sagen?
Das soll sie mir wahrhaftig büßen
und dich in Zukunft artig grüßen.“

Natürlich wusste Siegfried wohl,
dass seine Worte etwas hohl
und unglaubwürdig klangen;
denn Kriemhild hatte ja empfangen
von ihm den Gürtel und den Ring,
der einst an Brunhilds Finger hing.
Der Fehler tat ihm heute Leid.
Und als er schwor den Rittereid,
dass er den Schwager nicht betrogen,
war dies tatsächlich nicht gelogen.
Auch Gunther wusste ganz genau,
wie Brunhild, seine Ehefrau,
verlor durch i h n die Jungfernschaft...,
natürlich auch dank Siegfrieds Kraft.
Drum ließ er dessen Eid auch gelten,
mocht Brunhild deshalb noch so schelten.

# Wie Hagen Siegfried feig erstach im Odenwald, bei Amorbach

Für Hagen war der Frauen Streit
natürlich d i e Gelegenheit,
ganz ungehemmt zu agitieren,
um Siegfried rasch zu liquidieren.
Er konnte ihn noch niemals leiden;
ihm war er viel zu unbescheiden;
denn stets wollt´ er der Größte sein,
und neben ihm war jeder klein.
So fiel´s ihm nicht gerade schwer,
bei Gunther, Gernot, Giselher
den Tod von Siegfried zu verlangen.
Er habe sich sehr schwer vergangen
an Gunthers und Brunhildes Ehre.
Und das sei eine Staatsaffäre.
Die Brüder waren sich rasch einig:
Für Gernot war es fadenscheinig,
dass man den Streit so hoch bewerte.
(Dies meinten später auch Gelehrte!)

Und auch dem jungen Giselher
fiel die Entscheidung furchtbar schwer.
Er meinte: „Wer hat uns beschützt
und unsrem Vaterland genützt?“

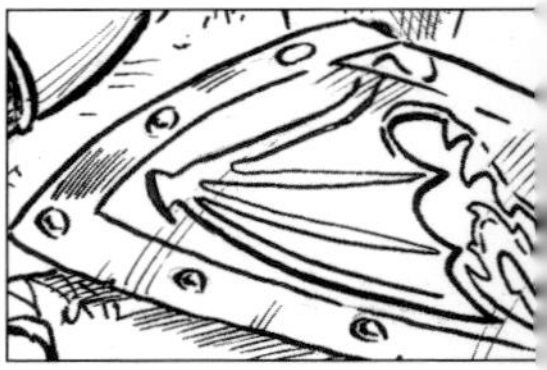

Selbst Gunther kamen gleich die Tränen.
„Wer hat die Sachsen und die Dänen
aus unsrem schönen Land vertrieben?
Wir müssen Siegfried dafür lieben.“
Bei soviel Freundschaft sollt´ man meinen,
es gäbe in Burgund nicht einen,
der Siegfried nach dem Leben trachtet,
lässt man mal Hagen unbeachtet.
Doch schon nach ziemlich kurzer Zeit
war König Gunther doch bereit,
dem Willen Hagens sich zu beugen;
denn dieser konnt´ ihn überzeugen:
„Brunhilde wird ihr ganzes Leben,
du weißt es, niemals Ruhe geben.
Und außerdem: Ist Siegfried tot,
kannst du dir selber ohne Not

sein Reich in Xanten einverleiben;
und niemand wird es hintertreiben."
Schon fragte Gunther frevelhaft:
„Vermagst du gegen Siegfrieds Kraft
im Zweikampf dich zur Wehr zu setzen?
Er wird dich in der Luft zerfetzen!"
„Das lass mal meine Sorge sein!
Ich denk, mir fällt da schon was ein."
Zunächst ließ er in Worms verkünden,
die Sachsen und die Dänen stünden
schon wieder kampfbereit im Feld;
er hoffte, dass der große Held
sich gleich bereit erklären würde
zu tragen Gunthers schwere Bürde.
Und Hagen hoffte nicht vergeblich;
denn gleich sprach Siegfried überheblich:
„Mir sind die Burschen nicht gewachsen;
ich jag die Dänen und die Sachsen
aus eurem schönen Land Burgund,
doch diesmal richt ich sie zugrund´."

Nur Kriemhild quälten große Sorgen,
als eines Tags, am frühen Morgen,
ins Zimmer trat der finstre Hagen,
um scheinbar ihr „Adieu“ zu sagen.
„Leb wohl, wir ziehen in den Krieg.
Auch diesmal wird´s ein leichter Sieg;
denn Siegfried kämpft an unsrer Seite.
Vor ihm sucht jeder Feind das Weite.
Ich weiß, dass du um ihn stets bangst,
doch weshalb quält dich diese Angst?
Seit Siegfried damals in Burgund war,
weiß jeder: er ist unverwundbar.“
Doch Kriemhild war sehr unvorsichtig
und sagte: „Das ist nicht ganz richtig!
In seiner Hornhaut klafft ´ne Lücke;
dort könnte er durch eine Tücke
des Schicksals leicht getötet werden.
Kein größ´res Unglück gäb´s auf Erden!“
„Ich würde, Herrin, gern dir nützen
und deinen Mann im Krieg beschützen...

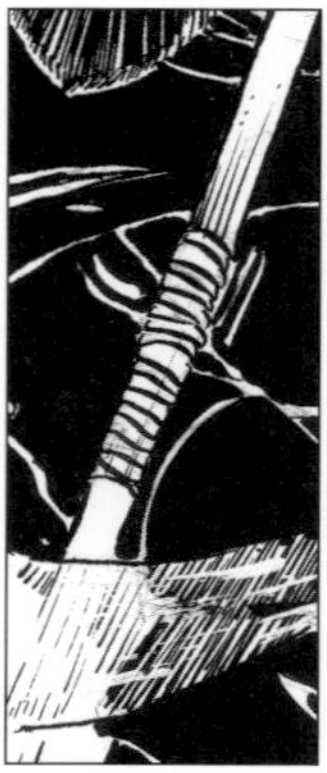

Doch müsstest du den Ort markieren,
dann könnt ich jeden Stich parieren,
der deinen Mann zu töten droht...
es sei denn, ich wär selber tot.“

Kriemhilde merkte nicht, wie Hagen,
ganz hinterlistig und verschlagen,
ihr Siegfrieds schwachen Punkt entlockte
und innerlich bereits frohlockte.
Ihr war wohl Argwohn völlig fremd.
Sie stickte brav auf Siegfrieds Hemd
ein Kreuz, was sie sehr bald bereute.
Die Dummheit überrascht noch heute.
Bald zogen Gunthers Ritterheere
hinaus, um auf dem Feld der Ehre
die Landesfeinde zu verjagen.
Gleich hinter Siegfried ritt schon Hagen.
Er sah auf dessen breitem Rücken
das Kreuz und dachte: „Es wird glücken!“
So ritt man fröhlich querfeldein.
Da stellten sich zwei Boten ein,

auch sie von Hagen ausgesandt
und den Burgundern nicht bekannt.
Sie meldeten – man ahnt es fast –,
dass Lüdeger und Lüdegast,
die gegnerischen Landesfürsten,
nicht mehr nach Krieg und Rache dürsten.
Den Recken passte es mitnichten,
auf Krieg und Fehde zu verzichten.
Man war ja schließlich ausgezogen
zum Kampf – und fühlte sich betrogen.
Doch Gunther riet: „Seid unverzagt!
Wir können kurzerhand auch Jagd
auf Eber, Hirsch und Bären machen.
(Vielleicht trifft Siegfried einen Drachen?)
Bringt alles Kriegsgerät nach Haus
und holt zur Jagd die Hunde raus!
Vergesst auch nicht die Eichenfässer!
Mit Wein schmeckt Wildbret einfach besser."
Dann ritt die Truppe ohne Halt
schnurstracks in Richtung Odenwald.

Dort ging man gleich – getrennt – auf Pirsch
und jagte Eber, Bär und Hirsch.
Ein jeder schoss für sich allein
und wollt´ der beste Jäger sein.
Nachdem die Jagd zu Ende war,
war jedem Recken völlig klar:
Nur Siegfried konnt´ der Sieger sein;
denn ihm gelang es ganz allein,
zweihundert Tiere zu erlegen,
den Odenwald fast leer zu fegen.
Schon lud ein lautes Hornsignal
die Jagdgesellschaft ein zum Mahl.
Man briet und brutzelte das Wild
und hob Held Siegfried auf den Schild:
„Wir danken herzlich für das Essen
und werden es dir nie vergessen."
Bescheiden wandte Siegfried ein:
„Noch fehlt ein Gläschen Frankenwein.
Um all das Wildbret zu genießen,
müsst jetzt ein Spätburgunder fließen.

Lasst doch den Mundschenk endlich kommen,
und fragt ihn, was er mitgenommen!“
Sofort erhob sich Recke Hagen
und sprach: „Ich muss es euch jetzt sagen
– ihr werdet sicher wütend sein –:
am falschen Ort liegt unser Wein.
Ich dacht´, dass wir im Spessart jagen,
und ließ die Fässer dorthin tragen.
Doch weiß ich eine frische Quelle.
Von hier aus ist man rasch zur Stelle.
Ihr lauft an Amorbach vorbei;
links liegt die herrliche Abtei;
es dauert höchstens ein, zwei Stunden.
Das Wasser soll ganz trefflich munden.“
Die meisten blickten mürrisch drein.
„Statt Wein schenkt er uns Wasser ein!“
Nur Siegfried ließ sich´s nicht verdrießen.
„Man kann auch Wasser sehr genießen!“
Sofort ermunterte ihn Hagen:
„Lass uns doch einen Wettlauf wagen!

Wer ist als erster an dem Quell?
Man sagt, du seist unheimlich schnell.“
Held Siegfried kam das sehr gelegen.
Er sprach: „Ich habe nichts dagegen.
Um euch die Schneid nicht abzukaufen,
werd i c h in voller Rüstung laufen...
und i h r mit Hemd und kurzer Hose.
Ich wage trotzdem die Prognose:
Seid ihr nicht flink wie die Gazelle,
bin ich als erster an der Quelle.“
Schon sah man Siegfried, Gunther, Hagen
schwer keuchend durchs Gelände jagen.
Und wie gewünscht, nach Hagens Plan,
kam Siegfried – klar – als erster an.
Rasch zog er seine Rüstung aus
und wartete auf den Applaus
der beiden starken Konkurrenten.
(Ihm lag sehr viel an Komplimenten!)
Gern hätte er sich schon gelabt,
doch da kam Gunther angetrabt,

erschöpft und völlig außer Puste,

so dass er etwas warten musste.

Der König trank in vollen Zügen,

und Siegfried musste sich begnügen,

als zweiter von dem Quell zu trinken.

Gleich sollte er zu Boden sinken!

Denn hinter ihm stand längst schon Hagen,

um seine Missetat zu wagen.

Gerade wollt´ sich Siegfried bücken,

da traf ihn Hagens Speer im Rücken.

Genau an der markierten Stelle

stach ihm der finstere Geselle

die scharfe Lanze tief ins Herz.

Freund Gunther blickte voller Schmerz

und Mitgefühl diskret zur Seite...

und suchte möglichst rasch das Weite;

denn Siegfried griff sich noch den Schild

und schlug auf Hagen ein, so wild,

dass dieser fast zu Boden fiel.

Doch kam der Held nicht mehr ans Ziel.

*Gerade wollt' sich Siegfried bücken,*
*da traf ihn Hagens Speer im Rücken.*

Rasch ließen seine Kräfte nach,
bis Siegfried tot zusammenbrach.
So endete bei Zittenfelden
das Leben eines großen Helden.

*Gerade wollt' sich Siegfried bücken,*
*da traf ihn Hagens Speer im Rücken.*

Rasch ließen seine Kräfte nach,

bis Siegfried tot zusammenbrach.

So endete bei Zittenfelden

das Leben eines großen Helden.

**Zum Autor:**

Reinhold Grzega wurde am 3. März 1941 in Birkental, Kreis Kattowitz (Oberschlesien) geboren. Nach der Vertreibung kam seine Familie in das mittelfränkische Altmühl-Städtchen Treuchtlingen, wo der Autor seine zweite Heimat fand und fast 40 Jahre lebte. 1960 legte er am Werner-von-Siemens-Gymnasium Weißenburg die Abiturprüfung ab und studierte anschließend an der Universität Erlangen Romanistik und Sport. Nach dem Referendariat in Würzburg und Pegnitz war er 16 Jahre lang als Lehrer am Gymnasium Roth bei Nürnberg tätig, bevor er zum Direktor des Karl-Ernst-Gymnasiums Amorbach ernannt wurde, das er von 1984 bis1996 leitete. Zwar zählt sich der Autor selbst mit seinem Erstlingswerk, im Alter von knapp 60 Jahren, nicht mehr zu den „jungen Wilden", doch hat er in den vergangenen zehn Jahren durch mehrere satirisch-humoristische Vorträge im „Kulturkreis Zehntscheuer Amorbach" auch jugendliche Zuhörer durchaus begeistern können. R. Grzega lebt in Amorbach, ist verheiratet und hat zwei erwachsene Kinder und zwei Enkeltöchter.

**Zum Illustrator:**

Tobias Krejtschi wurde am 27. 08. 1980 in Dresden geboren, wo er von 1987 bis 1989 die Polytechnische Oberschule besuchte.
Nach der Übersiedlung seiner Familie in die Bundesrepublik im Februar 1989 absolvierte er seine weitere schulische Ausbildung an den Grundschulen Amorbach und Kirchzell, ab 1991 am Karl-Ernst-Gymnasium Amorbach, wo er im Jahr 2000 die Abiturprüfung ablegte.
Tobias Krejtschi hat an zahlreichen künstlerischen Wettbewerben teilgenommen und dabei außerordentliche Erfolge errungen:

- mehrmals 1. Preis und Sonderpreis beim „Jugendkulturpreis des Landkreises Miltenberg"
- 1. Preis beim bundesweiten Karikaturenwettbewerb 1995
- 1. Preis beim bundesweiten Karikaturenwettbewerb 2002
- 1. Preis beim bundesweiten Wettbewerb des Deutschen Sparkassenverbandes
- 1. Preis beim bundesweiten Kreativwettbewerb des Deutschen Jugendforums
- weitere zahlreiche Erfolge bei regionalen und überregionalen Zeichenwettbewerben

Zur Zeit studiert Tobias Krejtschi »Illustration und Kommunikationsdesign« an der Hochschule für Angewandte Wissenschaften Hamburg.